GEH, WOHIN DEIN *Weg* DICH FÜHRT

arsEdition

NEMO
NEMO

REIST DU MIT EINEM OFFENEN HERZEN,
ENTDECKST DU NICHT DIE WELT –
DU ENTDECKST TAUSENDE WELTEN …
UND GANZ SICHER DEINE EIGENE.

Auf deiner Reise gibt es MOMENTE
VOLLKOMMENER HARMONIE.
Umfange sie
und lass sie nicht mehr los.

Betrachte die Welt

mit deinen eigenen Augen,

nicht aus der Sicht anderer.

Wie kann eine zarte Seele sich entfalten,
wenn sie keine Zeit dazu hat? Gib deiner Seele Zeit,
mit der Schönheit und der Liebe zu verschmelzen,
die es ÜBERALL gibt.

Ziel

Auf der Reise führt dich immer ein Sonnenaufgang
oder -untergang, ja gar ein Gedanke zu deinem Ziel.
Du musst nur auf die Zeichen achten.

Ich habe Delfine fliegen
und Möwen auf den Wellen reiten gesehen.
AUCH WIR KÖNNEN REISEN,
wie wir wollen und wohin wir wollen.

Die Reise zu deinen Träumen
beginnt immer in deinem Herzen, nirgendwo sonst.

DICH SELBST zu akzeptieren,
ist der erste Schritt
auf deiner Lebensreise.

DEIN WAHRES SELBST
WIRD DIR IMMER DER BESTE FREUND
AUF ALL DEINEN REISEN SEIN.

Wir kommen auf diese Welt,
um in HARMONIE miteinander zu leben.
Dennoch glaube ich, dass am Ende
jeder seinen eigenen Weg gehen sollte,
um sein Schicksal zu erfüllen und auf den Flügeln
seiner Träume den SINN SEINES LEBENS zu finden.

Fehler schenken einem offenen Herzen

WUNDERVOLLE GELEGENHEITEN,

zu lernen und zu wachsen.

Bereue nie eine *Entscheidung*,

auch wenn du sie im Nachhinein schlecht findest.

Lerne daraus und geh weiter deinen Weg.

Weg

Ich war an Orten, von denen ich mir nicht hätte
träumen lassen, dass es sie überhaupt gibt.
Am ergreifendsten waren jedoch die Orte,
die ich in meinem Herzen entdeckt habe.

Was ist der Sinn des Lebens,
wenn man nicht das Leben lebt,
zu dem man berufen ist?

Gehe Risiken ein, sei furchtlos.
Mache etwas Außergewöhnliches
aus deinem Leben.

TRÄUME WIE DAS KIND, das du einst warst,

und dein Lebensziel erscheint dir klar vor Augen.

Licht

Manchmal tun sich auf dem WEG
gefährliche Risse auf
oder es erheben sich Glaswände.
Doch solange man das Licht sieht,
zu dem man strebt,
muss man WEITERGEHEN.
Dann füllen sich die Gräben
und die Wände stürzen ein.

Geh nicht den ausgetretenen Pfad.

Geh deinen eigenen Weg

und hinterlasse deine Spur.

DAS LEBEN
IST DER BESTE LEHRMEISTER.

AUF EINER REISE sollte man die Welt
mit den Augen eines Kindes betrachten.
Nur dann sieht man, wie schön sie ist.

Ich dachte, ich hätte schon alles gesehen
und empfunden – BIS DU GEKOMMEN BIST.

Am Meeresufer
inmitten der Schöpfung
zu wandern,
macht demütig.

Oft kann ich gar nicht in Worte fassen, was ich sehe.

UND SO SOLL ES AUCH SEIN!

Erinnerungen

Die Erinnerungen, die in meinem Herzen
und in MEINER SEELE wohnen,
werden niemals verblassen.

Geh, wohin die Stimme deines Herzens dich führt.

Es ist immer der richtige Weg, auch wenn es schmerzt.

Erleuchtung

In jedem Leben gibt es Augenblicke der Erleuchtung.

DAS GEHEIMNIS BESTEHT DARIN,

sie zu erkennen und zu bewahren.

Verliere nie den höheren Berg vor dir
aus den Augen, wenn du denkst,
du hättest einen Gipfel bezwungen.

BLEIBE IN BEWEGUNG,
TRÄUME WEITER UND LEBE!

Cover: age-fotostock/LOOK-foto
Fotografien Innenteil:
Ecaterina Leonte, www.ecaterinaleonte.com: S. 2, 10/11, 13, 29, 30, 37, 38; Getty Images: S. 5: Getty Images/Watt Jim, S. 6: Getty Images/Franco Banfi, S. 9: Getty Images/liuliming, S. 17: Getty Images/Mike Hill, S. 19: Getty Images/John Lund, S. 23: Getty Images/Frank Lukasseck, S. 25: Getty Images/Holger Leue, S. 34: Getty Images/PeskyMonkey, S. 40: Getty Images/by Dornveek Markkstyrn, S. 42/43: Getty Images/Mark Burban, S. 44: Getty Images/Christopher Villano, S. 47: Getty Images/Robbie George; www.fotolia.de: S. 14: Ramona Heim, S. 20: ChristArt, S. 26: leisuretime70, S. 32/33: Simon Dannhauer
Covergestaltung: arsEdition
Grafische Gestaltung Innenteil: Eva Schindler, Grafing

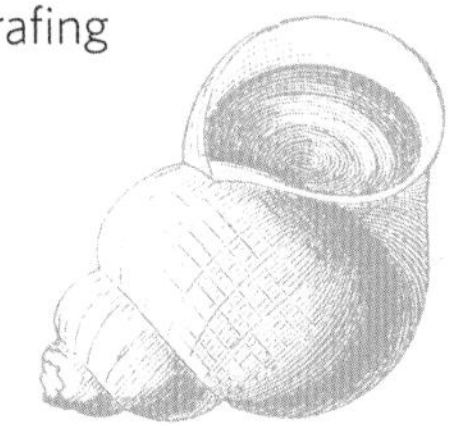

Printed by Tien Wah Press
ISBN 978-3-8458-0765-2
1. Auflage
www.arsedition.de

FSC
www.fsc.org
MIX
Papier aus verantwortungsvollen Quellen
FSC® C012700